AF585960

TABLEAUX MODERNES

ET QUELQUES

AQUARELLES

Provenant de la Collection de M. C***

EXPOSITION

Le Mercredi 12 Avril 1865, de 1 heure à 5 heures

VENTE

Le Jeudi 13 Avril 1865, à 2 heures précises

Mᵉ BOUSSATON	FRANCIS PETIT
COMMʳᵉ-PRISEUR	EXPERT

RENOU & MAULDE
IMPRIMEURS DE LA COMPAGNIE DES COMMISSAIRES-PRISEURS
Rue de Rivoli, nº 144.

CATALOGUE

DE

TABLEAUX

MODERNES

ET QUELQUES

AQUARELLES

Provenant de la Collection de M. C.

DONT LA VENTE AUX ENCHÈRES PUBLIQUES AURA LIEU

HOTEL DROUOT

SALLE N° 5

Le Jeudi 13 Avril 1865

A DEUX HEURES PRÉCISES

Par le ministère de Me BOUSSATON, Commissaire-Priseur,
rue Le Peletier, 7,

Assisté de M. Francis PETIT, Expert, rue de Provence, 43,

CHEZ LESQUELS SE DISTRIBUE CE CATALOGUE

EXPOSITION PUBLIQUE

Le Mercredi 12 Avril 1865, de une heure à cinq heures.

PARIS — 1865

CONDITIONS DE LA VENTE

Elle se fera au comptant.

Les acquéreurs paieront en sus du prix d'adjudication, CINQ pour CENT, applicables aux frais.

DÉSIGNATION

BELLANGÉ

1 — Marche des Grenadiers (vieille Garde).

H. 53 c. L. 45 c.

BELLANGÉ

2 — Un chef de bataillon d'infanterie républicaine.

(Aquarelle.)

H. 31 c. L. 24 c.

BELLANGÉ

3 — Paysans badois.

(Aquarelle.)

H. 28 c. L. 22 c.

BREST

4 — Vue de Constantinople.

H. 33 c. L. 60 c.

CHASSERIAU

5 — Cavaliers combattant.

H. 38 c L. 52 c.

CHASSEVENT

6 — Vierge et Enfant Jésus.

H. 23 c. L. 18 c.

XAVIER DE COCK

7 — Troupeau de Vaches rentrant du pâturage.

H. 90 c. L. 140 c.

COIGNARD

8 — La Rentrée de la moisson.

H. 24 c. L. 32 c.

COIGNARD

9 — Groupe de Canards dans un ruisseau.

H. 22 c. L. 35 c.

COROT

10 — Entrée du bois de Ville-d'Avray.

H. 46 c. L. 55 c.

COROT

11 — Paysage italien. Effet du soir.

H. 28 c. L. 44 c.

COROT

12 — Une Fontaine en Bretagne.

H. 31 c. L. 53 c.

COUDER (ALEXANDRE)

13 — Jeunes Femmes effeuillant des marguerites.

H. 40 c. L. 32 c.

COUDER (ALEXANDRE)

14 — La Boîte aux Lettres improvisée.

H. 40 c. L. 32 c.

COUDER (Alexandre)

15 — Deux Femmes feuilletant un album de dessin.

H. 40 c. L. 32 c.

COUDER (Alexandre)

16 — Bouquet de fleurs dans un vase.

H. 20 c. L. 15 c.

COUVERCHEL

17 — Caravane traversant un gué.

H. 46 c. L. 88 c.

DAUBIGNY

18 — Route à l'entrée d'un village.

H. 22 c. L. 35 c.

DECAMPS

19 — Paysage. Don Quichotte rencontre la belle Dulcinée.

H. 34 c. L. 24 c.

DECAMPS

20 — Une Ferme en Normandie.

H. 24 c. L. 32 c.

DECAMPS

21 — Rivage de mer.

H. 16 c. L. 39 c.

DECAMPS

22 — Un Abordage.

(Dessin.)

DECAMPS

23 — Un Naufrage en Seine, mort du frère de Gudin, peintre de marine.

H. 24 c. L. 32 c.

DELACROIX (Eugène)

24 — Cléopâtre recevant l'aspic qu'un paysan lui apporte.

H. 27 c. L. 36 c.

DELACROIX (Eugène)

25 — Sujet tiré de Lélia (Georges Sand).

H. 47 c. L. 38 c.

DELACROIX (Eugène)

26 — Le Drachme de saint Pierre. Pendantif de la Chambre des députés.

(Vente Eugène Delacroix.)

H. 24 c. L. 30 c.

DELACROIX (Eugène)

27 — Femme juive d'Alger.

(Vente Eugène Delacroix.)

H. 31 c. L. 24 c.

DELACROIX (Eugène)

28 — Jésus-Christ marchant sur les eaux.

(Esquisse provenant de la vente d'Eugène Delacroix.)

H. 60 c. L. 50 c.

DELACROIX (Eugène)

29 — Mort de Cléopâtre.

(Esquisse provenant de la vente Delacroix.)

H. 24 c. L. 31 c.

DELACROIX (Eugène)

30 — Paysage. Effet de neige.

(Vente Eugène Delacroix.)

H. 22 c. L. 35 c.

DELACROIX (D'après RUBENS)

31 — Marie de Médicis fermant le temple de la Discorde.

(Vente Eugène Delacroix.)

H. 32 c. L. 24 c.

DIAZ

32 — La Diseuse de bonne aventure.

H. 55 c. L. 37 c.

DIAZ

33 — Mare sous de grands arbres.

H. 45 c. L. 65 c.

DIAZ

34 — Environs de Nemours.

(Ce tableau a été lithographié.)

H. 00 c. L. 00 c.

DIAZ

35 — Paysage avec animaux près d'une mare.

H. 45 c. L. 56 c.

DIAZ

36 — Enfants turcs jouant avec une tortue.

H. 20 c. L. 30 c.

DIAZ

37 — Le Souvenir.

B. 19 c. L. 25 c.

DIAZ

38 — Paysage de Normandie.

H. 24 c. L. 29 c.

DUPRÉ (Jules)

39 — Chaumière sous un groupe d'arbres.

H. 31 c. L. 55 c.

DUPRÉ (Jules)

40 — Habitations au bord de la mer, côtes de Normandie.

H. 49 c. L. 64 c.

DUPRÉ (Jules)

41 — Paysage avec cours d'eau où des animaux viennent boire.

H. 35 c. L. 42 c.

DUPRÉ (Jules)

42 — Un quai de la Seine à Paris.

H. 36 c. L. 45 c.

DURAND BRAGER

43 — Bassin d'un port.

H. 47 c. L. 73 c.

FLERS

44 — Paysage. Environs d'Anet.

H. 31 c. L. 45 c.

FICHEL

45 — Le Lever du bébé.

H. 26 c. L. 20 c.

FRÈRE (Théodore)

46 — Caravane en marche (Haute-Egypte).

H. 21 c. L. 31 c.

JACQUE

47 — Paysage; deux centaures poursuivent un sanglier.

H. 88 c. L. 152 c.

GIRAUD (E.)

48 — Danseuses espagnoles.

H. 58 c. L. 83 c.

GIRARDET (Karl)

49 — Bords du Rhône, près Villeneuve.

H. 30 c. L. 55 c.

GIROUX (Achille)

50 — Amazone effrayée par un sanglier que des chiens poursuivent.

H. 72 c. L. 57 c.

HOGUET

51 — Jetée du port de Boulogne. Vue de la mer.

H. 76 c. L. 90 c.

MARILHAT

52 — Environs du Caire.

H. 26 c. L. 30 c.

MARILHAT

53 — Vue prise aux environs de Saint-Jean-de-Maurienne. Figure par Palizzi.

H. 52 c. L. 62 c.

MILLET

54 — Paysanne sortant du bain.

H. 32 c. L. 24 c.

MULLER (Ch.-L.)

Quatre compositions importantes formant la décoration d'un salon:

55 — La Jeunesse.

H. 229 c. L. 230 c.

56 — La Richesse.

H. 229 c. L. 230 c.

57 — La Beauté.

H. 229 c. L. 154 c.

58 — La Bonté.

H. 229 c. L. 154 c.

PILS

59 — Juif arabe assis et fumant.

H. 45 c. L. 37 c.

PILS

60 — Deux figures allégoriques formant panneaux pour salle à manger.

H. 80 c. L. 58 c.

PILS

61 — Batterie d'artillerie traversant un gué.

(Aquarelle.)

H. 42 c. L. 58 c.

PILS

62 — Soldats du train au repos.

(Aquarelle.)

H. 24 c. L. 31 c.

ROBERT FLEURY

63 — Ribeira enfant.

H. 50 c. L. 55 c.

ROQUEPLAN

64 — Fontaine près Biarritz.

H. 16 c. L. 27 c.

TH. ROUSSEAU

65 — Lisière de la forêt de Fontainebleau.

H. 42 c. L. 63 c.

PH. ROUSSEAU

66 — Groupe de gibier suspendu.

Forme ovale.—H. 46 c. L. 40 c.

STEVENS (Jos.)

67 — Chien tenant un gigot.

(Esquisse.)

H. 14 c. L. 18 c.

STEVENS (Jos.)

68 — Un Chenil.

(Esquisse.)

H. 14 c. L. 18 c.

TASSAERT

69 — La Triste Nouvelle.

H. 56 c. L. 46 c.

TASSAERT

70 — La Tentation.

H. 31 c. L. 23 c.

TROYON

71 — Retour des champs.

H. 45 c. L. 36 c.

TROYON

72 — Intérieur de forêt avec animaux.

H. 54 c. L. 63 c.

TROYON

73 — Moulin à eau.

H. 27 c. L. 20 c.

VEYRASSAT

74 — Abreuvoir et Fontaine dans les Pyrénées.

H. 25 c. L. 50 c.

VEYRASSAT

75 — Chevaux à la forge.

H. 25 c. L. 50 c.

Renou et Maulde, imprimeurs de la Compagnie des Commissaires-Priseurs,
rue de Rivoli, 144. 39728

RED. :

19

3/9.89.70
graphicom

0 1 2 3 4 5 6 7 8 9 10

MIRE ISO N° 1
NF Z 43-007
AFNOR
Cedex 7 - 92080 PARIS-LA-DEFENSE

www.ingramcontent.com/pod-product-compliance
Lightning Source LLC
LaVergne TN
LVHW052026160826
845678LV00003B/1225

* 9 7 8 2 3 2 9 6 3 7 7 4 7 *